# 配色装饰
# 200
### COLOR DECORATION

东易日盛编辑部●主编

吉林科学技术出版社

# CONTENTS

# 看上去很清爽

KANSHANGQU HEN QINGSHUANG

# 暖暖的很舒服

NUANUNUANDE HEN SHUFU

# 幸福装饰我的家

XINGFU ZHUANGSHI WODEJIA

# KANSHANGQU
## HEN QINGSHUANG
看上去很清爽

鲜艳色彩带来春天气息

　　房子的主人希望自己的家在颜色的运用上能有较突出的特点，所以多采用鲜艳的颜色。根据主人的要求和家里的户型特点、功能分区，设计师在颜色的运用上着实大胆发挥了一次，并因此奠定房子鲜艳绚烂的春天印象，而这一特点在这个空间体现得尤其明显。

01

# 02

## 田园风的嫩草绿

鲜明绿色搭配洁白的拱形门框、地脚线既明确格局棱角又营造心情舒畅的氛围。搭配乳白色地砖更加强调主色调的简约与纯净。

# 03

嫩绿底色碎格布充当活跃元素

吊顶凹陷边缘上的绿叶花纹与墙体的鲜明绿色恰到好处地交相呼应，增添空间的活跃元素。搭配碎格子花纹窗帘更加凸显田园般的随意与安逸。

# 04

女主人喜欢的色彩
风格

女主人喜欢用绿色做布置。房子位于一楼，采光良好，这保证了色彩的表现力。考虑到公共空间需要平和的气氛，以便家人共同起居活动，所以设计师在客厅采用了明亮的草绿色，让整个空间充满无限生机。

# 05 收纳空间的砖色背景

摇椅后的墙面被设计成了展示、收纳空间，色彩上与会客区的沙发和谐呼应；由极具厚重感的暗红色艺术墙砌就展示架上琳琅满目地摆满了主人的CD、影碟和在各地游玩时收集来的小玩意。

# 06

## 餐厅与厨房的欧式过渡

餐厅与厨房的过渡选择欧式的原始木色拱形门，营造整体欧式随意的简约风格。搭配白色橱柜和灰色墙砖，虽不统一色系，但却简约而不单调地划分出整体空间的层次，充实整体美感。

# 07

## 淡黄色碎花呼应的嫩草绿

鲜明绿色墙面与淡黄色碎花墙纸的对应不仅扩大客厅的空间视觉，而且活跃整体气氛。搭配吊顶独特的凹陷花纹边缘设计，同一色系杂而不乱地诠释田园的舒心情怀。

# O8

## 典型的美式乡村风格

    房子的客厅是典型的美式乡村风格味道，会客区后满墙色调柔和的碎花壁纸和大格布艺沙发第一时间在空间内渲洒下明朗的春天意味，不过一旁的藤椅和原木茶几则在豪气之中给了客厅厚重感和历史感，它们体积都非常大，均为深棕色，粗犷中带有沉稳的气质，将美式家具体积偏大，色泽深暗的特点淋漓尽致地表现了出来。

# 09

## 淡蓝色墙纸写意宁静格调

　　宁静是空间的主调，设计师没让这一主调走样，墙畔一角摆放着植物与两把小椅、一张茶几组成的休闲角落，硬是在空间里呼应了壁纸的气质，让轻吟浅唱的闲淡气氛超越了那份奢华，迷漫于整个空间之中。繁华与宁静的意境，就如此，于整个空间中共渡。

10

儿童房的满天繁星

看上去儿童房的视觉效果清
淡，原因在于壁纸的选择。为突
出孩子天真活泼的特点，设计师
没有选择常规的小动物、运动图
案壁纸，而是选择了一款海星图
案壁纸大面积铺贴，与条纹壁纸
搭配，从而使房间显得格外清静
平和。白色的小床、书柜、坐椅
都带一点做旧的感觉，搭配浅色
的壁纸，视觉效果更显清淡。

18

11

— 花式柔色墙纸弹奏宁静主旋律

　　宁静仍是这个空间的主调。粉红色的窗帷平衡了花朵的张丽，柔柔的淡粉色床品和白色的床幔令空间归于平和宁静。为了强调这一点，设计师将主卧的花窗处理成了白色，这细密清新的白色窗格有效提点了空间内的平静气氛。

# 12

## 巧妙运用凝重基调色彩

　　主人喜欢的凝重基调包裹了整个空间。这是因为书房是工作的地方，需要安静清宁的气氛，因此在色彩运用上，淡灰色成了这里的主色，在黑色的搁架、棕色的桌椅、造型简洁的黑色吊灯搭配下，实现了理性的工作气氛。而在细致格子棉布坐垫、铁艺的弧线造型的渲染下，清淡的乡村味道在空间中呼之欲出。

# 13

### 素雅的维多利亚情调

　　这样一面墙的壁纸，原本应该只能营造出清净平和的视觉印象，无法达到矜持的效果，而设计师却让这个空间显现出了娇艳、奢华的气质。在窗畔的一张酒红色三人坐沙发和深玫瑰红色的窗幔的搭配下，空间的印象竟由清净平和转为了媚丽、奢华，在沙发对面的暗红色酒柜、茶几的搭配下，维多利亚情调的奢华气质彰显于整个空间。

# 14

### 花枝墙纸透出古典美感

　　花纹墙纸搭配淡蓝色吊顶的设计，使整个空间充斥着浓郁的优雅和恬静。装点的深木色家具虽将整体的格调压低，却突出了古典的美感。

## 15 暖意融融散发厨房味道

厨房的视觉印象明丽、柔媚，春光在这里不是暂驻，而是永久居留。这得益于设计师在空间内的色彩、花朵图案的渲染和点缀。红色的门帘后是这个家的厨房，厨房的门被设计师别具匠心地设计成了特别的样式，也为这个空间增添了特别的风格。

# 16

## 开放式厨房打造平和安逸

吧台的处理很有意思，深棕色和淡黄色的瓷砖搭配在一起，视觉上有种明快的节奏感。黑色的铁艺吊灯让这一角更显别致情调。仿古瓷砖的运用让餐厅整体气氛显得平和、沉稳，在壁纸的搭配下，整个空间更平和、干净。

# 17

## 舒适惬意点滴来自于色彩

欧式壁灯和窗框提升整体空间的采光效果，肉粉色瓷砖搭配同色系的褐色地砖形成由浅入深的层次化格调。点缀的花花草草分外清爽恬静。

# 18

## 蓝色格调搭配欧式拱形门

地中海式风格以蓝紫色为主，拱形门框的原色砖片更显整体的舒适清爽，搭配白色吊顶起到提亮空间的效果。

# 19

## 尽情享受沐浴时光

　　与主卧相邻的是主卫生间，艳丽的紫色从卧室一直延续过来，包裹了整个空间。在这里，设计师采用了一个极具生活情趣的大胆设计就是将主卧室和卫生间之间的半开放。走入卫生间，白色的带木质裙边的浴缸上面有一道搁架，在尽情享受沐浴时光的同时，又为主人营造出具有温馨生活情调的摆放空间。

# 20

## 主卫与主卧的美妙连接

将浴缸与床巧妙地结合在一起。白色的隔板被很好地利用成收纳架，让你可以展示自己喜欢的小物品。整个空间给你一种心灵的放松。

# 21

## 闲情逸趣欧风色彩

蓝紫色耀眼夺目的光彩搭配乳白色欧式风家居更明显地表达了主人的闲情逸趣。采用原始木色地板衔接可添加自然清新的元素。

22

古典皇室般享受

　　客厅装点格调统一为金碧辉煌的豪华气派风。多选用金色元素，同时搭配欧式古典风格的家具展示奢华高雅；吊顶和地砖选用白色与黄色相搭不仅起到提亮空间的作用，并且满足整体协调的统一性。

# 23

## 草绿色淡雅品质

房间整体色彩都含有草绿色的淡雅风情，从窗帘、墙纸、沙发到地砖，形成统一欧式雕花风格，不仅增添房间亮度也带来春天的气息，活跃整体氛围。

# 24

## 闭目养神间呼吸着新鲜

淡绿色墙纸奠定整体空间的淡雅情调，搭配白色吊顶和含有同色元素的家居设计再合适不过，既可以提亮整体空间又可以渲染欧式皇家装点风格。

31

# 25

## 家具色彩点缀作用

　　整体装潢设计中，客厅色彩使用上最好不过多使用深色系，可使得整体统一，显得大方得体。采用淡绿色和乳白色相结合时，可适当选用黄色系的家具作为装点，突出空间的色彩层次感。

# 26

## 楼梯也要玩色彩

　　楼梯的色彩选择与吊顶统一，从吊顶延伸到地面与同色系的瓷砖相接，使得整体和谐融洽。同时装点深色镂空扶栏，更增添欧式韵味。

# 27

## 争芳斗艳拼色彩

远近的客厅、餐厅分区有了明显的两种色彩风格，但彼此还容纳着对方的色彩元素——金色，才会融洽地成为一个整体空间，并且更加突显整体空间的层次感，提亮空间。

# 28 — 欧式自然高贵风

欧式风格已经成为时下装潢的前卫趋势。主要突出的重点大多落在乳白色欧风家具装点上，搭配自然清新的淡绿色，增添活泼的气氛也使得整体空间散发温馨的气息。

# 29

## 镂空中点滴阳光

对于二层楼梯护栏的设计不仅搭配整体风格，大理石的地面搭配镂空的楼梯扶手，可使整体空间体现出延展性和通透感。此时，在亮度的基础上选择淡色系墙纸，就可使空间更加相得益彰。

# 30

## 利用色彩搭配提亮空间

对于复式房间楼梯走廊位置的设计，第一主要考虑的就是弥补采光欠缺的不足。所以选择提亮效果最佳的白色来做空间基础色是最好的选择。搭配淡雅清新的绿色墙纸统一整体的欧式风格，也会增添春季自然的芳香。

# 31

## 简简单单却耐人回味

玄关设计是入门纵观整体的开始，也奠定了整体的基调。统一风格的基础上，加以蓝色门框、绿色的植物，这种风格色彩的修饰便可给每个走过这里的人留下深刻的印象。古典韵味家具，简简单单地诠释出恬静和品位。

实木雕花图案的木门，搭配绿色百叶窗式衣帽柜，不用采用多种墙面色彩渲染更多气氛，只是轻描淡写便可营造和谐恬静的氛围。

# 32

## 从古典跨越到现代

实木雕花图案的木门，搭配绿色百叶窗式衣帽柜，不用采用多种墙面色彩渲染更多气氛，只是轻描淡写便可营造和谐恬静的氛围。

# 33

## 简约中不失品位

简单的白色吊顶，浅色的地砖营造出整体的淡雅风格，这时在装点上周围和家具色彩上就可以用浓郁的颜色来做文章了。选择红沙发可增加整体空间的层次感。选择暗色的窗帘可以应对植物的绿色，使整体风格统一。

# 34

## 让房间充满生机

干净清爽是整体设计的基调，在框架色彩的修饰上稍做文章也是整体设计的绝妙理念。淡淡的墙漆搭配白色花纹图案装饰的台阶让气氛增添一抹情调与活跃，添加绿色植物也是色彩调和的巧妙方法。

# 35

## 局部色彩渗透
## 出协调搭配

　　这个房间的局部协调指的就是沙发色彩与台阶的设计。在单调白色的墙漆衬托下，轻轻描述出淡淡的温馨使之成为一条流水线延伸穿越整体空间，经过原始木色的深沉留下的是一抹安详。

# 36

## 质朴高雅陋室铭

生活于钢筋水泥的丛林中，人们都会渴望质朴、休闲的家居环境。希望在求索休闲的同时达到文化的深度，其以感性的手法诠释了休闲概念，地道的表现了质朴、自然、精致的休闲文化。

# 37

## 海风般清纯气息

彩色的瓷砖拼接，加上绿色植物的点缀，形成一种别有情调的自然美感。这是北非特有的沙漠、岩石、泥、沙等天然景观颜色。地中海装修风格的颜色特点就是，无须造作，本色呈现。

# 38

## 沙发色彩选择
## 参考整体风格

将蓝色的清凉感用在客厅，搭配白色的吊顶和茶几是不错的选择，充分突出地中海风格的特性。由于整体的蓝色装点过于单调而压抑，所以选择有蓝色元素的沙发在墙上配以泳圈来调和整体情调，起到更加丰富美化空间的作用。

# 39

## 追求地中海的静谧

在墙壁色彩的搭配上，设计师遵○○○色是最能表达浪漫情怀的颜色。而且○○○○○○○○○○○○○○○○释着一种海滨风情。女主人采用了可移动的柜子做布置，这样就可以随意调动沙发区的大小，满足不同的需要。

挡不住的幽蓝风情流露

幽蓝色风情的冷郁仿佛可以散发出淡淡清香，因为过于冷淡而添加白色提亮元素增加整体视野的延展性。

## 统一整体基调

从这个角度观看整体空间稍有些杂乱，对于家居装饰显得有些繁多，但仔细观察每个角落的装点都是对整体风格一种延续。都是使用基调中的色彩元素来装点，白色吊顶与蓝色墙漆会带来的单一和呆板的感觉，少添一些其他色彩，像实木钢琴，就会使房间散发浓郁的温馨。

# 42

## 流淌出来的海风

映入眼帘的是充满独特设计感的流线型收纳台，不仅呼应着整体的地中海风情，还在墙面平面感中增添抢眼的立体感，白、蓝色仿佛已经把我们带到悠闲的海边，吹着海风，惬意悠然地计划着美味的晚餐；而木质高脚凳，同色系的地砖就也扮演着脚下细沙的角色，渲染这完美的情境。

# 43

## 神秘紫色渲染浓郁"性感"风情

主卧中色彩的大胆泼彩让我们窥见了一丝"性感"和"神秘"。充满诱惑的深紫色和迷幻视觉的玫红水晶以及适时出现的深宫"沉墨"都在一瞬间将空间的曼妙身姿勾勒出来，在这显山露水的"色"调中，阳光似乎也变得多余了。

# 44

## 拱形门独特透出双重色彩

"地中海装修风格"的建筑特色是，拱门与半拱门、马蹄状的门窗。建筑中的圆形拱门及回廊通常采用数个连接或以垂直交接的。

# 45

## 嬉皮冷色风情

宝石蓝色瓷砖装点卫生间不仅突出洁净和利落，更加透出一种童趣；搭配白色洗手台提亮整体空间，也是延伸传统装修的风情。墙上零落的可爱图案使得整个空间活跃起来，让在卫生间度过的时光也同样愉悦。

# 46

## 庄重高雅中充满暖意

复式装修的庄重风格，需要沿用白色的提亮效果来增添空间的视觉延展性，黄色琥珀纹瓷砖和同色系纹理墙纸分外配合高雅品位的初衷，另外又为装修带来丝丝暖意和家的感觉。

# 47 — 重拾马赛克风情

马赛克的运用方式已是昨天的故事，如今的装修风格上经常用此元素来添置活跃与另类情调，蓝白相间搭配延续了地中海风情，再搭配原木色的洗手台更别致地添加自然韵味。

# 48

## 红色绚烂主题

　　玄关的设计可以替代整体空间的风格，同时也是抓住主人和客人眼球的第一道关。耀眼的红色水晶吊灯与红色瓷砖上下呼应，将空间整体点亮笼罩在激情浪漫的情调里。搭配淡黄色墙漆来缓和红色的跳跃和澎湃，注入家的温馨情调。

# 高贵儒雅风致

淡褐色古典风格花纹壁纸搭配同色系花纹瓷砖，给人感觉将空间的两个侧面
融为一体，淡雅就那样默默地从墙上流下，在淡雅中还可以舒服地坐在充满高贵
感的宝石蓝色彩的沙发上聊天休息。

# 50 大空间大手笔

大气风范的卧室空间配以现代气息的窗帘将空间加以分区，不仅使色彩更多参与到设计中，从而使设计统一化。基础色调以橘色为主，利用窗帘和地板的同色系但不同深浅色度的质感来呈现空间的立体感，加入绿色植物和经典紫色来装点空间，使整体更加丰富充满活力。

# 51

## 紫色迷情点拨诱惑

　　吊顶全部用以紫色覆盖充满神秘色彩，搭配实木的酒柜和地板将空间增添自然娴静的格调，也使空间更加休闲化。

# 52

### 低调奢华的韵味

紫红色墙体基调搭配白色花纹电视背景墙，是集聚两大流行时尚色彩的设计理念，用白色的元素来添加紫红色墙体的边缘，使得整个空间规范化而更加富有高雅的情调。

# 53

## 浓重的西域风情

虽然整体色彩基调是紫红色，白色雕花吊顶边框，配上实木酒柜，淋漓尽致地凸显出西域风情的氛围。绸缎质感的绿色沙发，使空间里充斥着浓厚的神秘和迷幻。

# 54

## 浪漫樱花树下的独角戏

雕花吊顶的装点完全不够张力来表现整体的浪漫情怀，似乎从墙面到桌子、再到书架，无处不体现出主人追求古典书香的心情。不论是从鲜艳的色彩表现还是从曼妙花藤的设计中，都传授着色彩搭配的经典之道。

## 幻彩装点出大气风尚

　　楼梯侧墙的幻彩抽象画是整个空间的亮点，亮色和亚光色结合渲染出迷幻的艺术韵味，使得整个空间的氛围活跃起来。同时，沙发、墙纸、瓷砖也都采取了抽象画中的色彩元素进行搭配，让整个空间变得更加融洽从而也突显出层次感。

## 56  精炼中散发出温柔

设计师将业主的起居空间合理安排后，在书房阳台处为他们特别设计了一处家居空间，用高贵的棕色纱帘和不规则的黑棕色交错的马赛克瓷砖做布置，营造出一个供主人休息和分享创业的成功、梦想与激情的空间。

# 鲜花也浪漫多情

满墙的鲜花，定会让每个经过这里的人眼前一亮，装满一兜芳香还不舍离去。这就是浪漫的色彩，不用多么复杂迷幻，只是选择合适图案的壁纸，再搭配实木的洗手台就可以展现整体空间。

57

# 58

## 奢华的时代感

精致的雕花墙面、形态前卫的龙头造型、马赛克风情的镜框无处不流露出先锋的时代感，充分地将灰色的时尚庄重、白色的百搭和红色的鲜艳炫目结合在一起，不留余地地诠释着整体空间傲慢的气派和高雅的细腻。

# 59

## 黑色的神秘格调

整体大面积黑色渲染出神秘的格调，并且黑色大理石可以提亮整体空间，使得黑色不再是暗淡的深沉，更散发着迷人的情调。搭配红色水晶吊灯来调节整体空间氛围，也会增添一抹激情。

# 60

## 豪华典雅尽显王者风范

设计师运用大面积浅色调作为底色衬托，配合宫廷般的座椅，奢华的水晶吊灯，金属色调浓郁的窗帘，将家居装修中的"后奢华"风格灵魂运用得淋漓尽致。让整个空间尽显豪华大气。

## 蝴蝶飞花的奢华格调

绘制金色蝴蝶图案的花纹的红色吊顶，配以同色水晶吊灯的装饰，让空间绚丽夺目，充满富贵奢华感。

# 62

## 深沉低调的沐浴时间

黑色的马赛克隐约着亮色的眼眸，"魅惑"的红色瓷砖混搭着尺寸和颜色不一的各色砖型，拼接出轨迹之外的"游离"。这样的飘忽与融合，将业主混合多样的生活面孔和设计师想象的翅膀完美的合二为一，或天际流浪，或遨游云端，且看此刻心境。

# 63

## 玫瑰红的过往年华

　　红色墙漆搭配深褐色木色的雕花书架，呈现出格外古典和魅惑的情调。仿佛已经回到了旧上海的时期，情不自禁想吹烛畅谈。搭配复古黄色背景墙，是一个让人满怀深情、回首往事的惬意角落。

# 64

## 明亮奢华感十足的欧风

　　整体乳白色吊顶的弧形装潢将空间格调提升到大气风范，选择浅黄色瓷砖和落地窗帘搭配，统一色系、统一格调；将这些元素融入其中则更加提升整体空间的华丽感。

# 65

## 多姿多彩的童话世界

在儿童房的布置中，以原木色为主的实木现代家具配以充满童话故事的窗帘，和条纹壁纸，圆形彩色地垫，红色玩具能将多种色彩巧妙地融合在一处。

# 66

## 奢华娴静的下午茶

午后的阳光透过窗帘照射在
蓝紫色绸缎布艺沙发上，仿佛沙
发也会散发出魅力醉人的芳香；
膝前摆放着亚光黑茶几，金色的
装脚和沙发不谋而合，让空间充
满浪漫气息。

# 67

## 邻家娴静迷人的海景

整体天蓝色墙纸渲染出娴静舒适的海景情调。搭配白色百叶窗使得整体气氛活跃起来，原始木色的地板仿佛沙滩一样透着细腻柔和的味道，同时也将同色系风采延伸到落地窗帘上，一阵风吹过，飘逸的窗帘散发着海滩边醉人的新鲜味道。

# 68

## 色彩独特书写愉快心情

色彩和独特的造型成就了异国情调的楼梯。踏上楼梯，独特的设计、异域的色彩把你团团包围，拼接的楼梯和铁艺扶手的设计，突出了设计师的煞费苦心，最终呈现在面前的是十分理想的效果，设计中没有任何矫揉造作的痕迹，流畅而自然。

# 69

## 餐桌布置的灵魂色彩

餐桌的布置闪烁着灵性，以蓝色为主基调的桌布、餐具映衬在黄色的烛台下，高雅出众。原木的家具朴实映衬自然，简约的轮廓中透露出厚重、坚韧，显示出主人的性格。

# 70

## 闲静中的暖意洋洋

　　温暖的阳光透过薄薄的浅色纱帘直射入娴静的房间里，原木色的地板也散发出柔和的味道。整体空间运用淡色系的不同色彩元素打造通透感十足的格局，有利于每个角度的采光。

# 71

## 清新地中海风情
## 透露浪漫

地中海风情不仅仅意味着蓝天和白云，它也在诠释一种色彩混搭。洁白经典的拱形门框，深入进去，仿佛又到了田间小巷，暖意融融的色彩，都流淌着活跃的气息。

# 72 细腻的色彩渲染

家里的装饰品大都是旅途上的收获，每一个小物件都有着它独有的宝贵回忆，精美的装饰画，叮当的贝壳风铃，都显现出主人丰富的灵感和细腻的心思。

# 73

## 自然的渡过"私人时间"

卫生间是主人的私密空间，目之所及，中国韵味十足的洗手盆和异域风情的原木镜框，让人感觉雅致、自然。

# 74

## 养眼的天空蓝

卧室的设计简单而随意，养眼的白色和蓝色，就像蓝天上漂浮着朵朵白云，自由自在。在这个空间里，主人注重的不是给别人看到自己"拥有"什么，而是希望透过这些东西明白自己的生活。因为很多时候我们都依恋着现实所带来的浮华，而面对真实，更应该尊重自己的需求，不管是什么风格，只要它让生活更加自由，就值得我们去感受它。

# 75
## 梦幻中的忧郁蓝色

花纹别致、忧郁蓝色瓷砖的不同方
向的摆放增加空间的层次感，同时也起
到划分空间的作用。白色浴缸，搭配经
典花纹瓷手盆，让你感觉身心的放松。

# 76

### 金色元素飘洒整个空间

　　欧式印有黄色花纹的窗帘，在阳光的照耀下更明亮，让每个角落的黄色元素都穿上了金闪闪地外套。搭配黑色大理石电视柜是整体空间的活跃的元素。

# 77

### 绿色盆栽充满小情调

　　在玄关处摆放一个铁制小架子，放上喜欢的盆栽，绿色的清新盎然在淡色的墙漆前横七竖八地摇摆着，顿时使整个空间活跃起来，也给主人的居住环境带去健康。

## 单调色表达的时尚感

客厅中红、黄、蓝、绿的构成，更是带有几何抽象风格。我们看见，粗重的黑色线条控制着几个大小不同的矩形，形成非常简洁的结构。而视觉的主导又是那鲜亮的红色沙发，面积虽小，但色度极为饱和。同时，主沙发的蓝色、墙面的黄色与地毯的灰白色巧妙配合，牢牢控制住红色沙发在整个空间上的平衡。

## 珠帘后别处有洞天

红、黄、蓝三大基础色调，很纯粹地各自占一定的位置，相互融洽地衔接，体现出主人独立、坚强干练的性格。也使得空间里每个活跃元素得到充分的发挥。

## 色彩中透露线条的婉约

　　在这里，除了基本的色块变化之外，再无其他色彩；除了垂直线和水平线之外，再无其他线条；除了直角与方块，再无其他形状。巧妙的分割与组合，使空间设计的抽象成为一个有节奏、有动感的画面，从而实现了绘画中的几何抽象原则，借由绘画的基本元素：直线和直角、三原色和三个非色素，这些有限的图案意义与抽象相互结合，象征构成自然的力量和自然本身。

81

## 淡雅的方形之家

　　每组方形群都承担自己的颜色，经典亮白的吊顶
将整体空间的亮度提升，加倍凸显出色彩的鲜明。同
时黄色的布艺搭配竹子编织风格的沙发更加给整体空
间添加了自然风情。

# 82

## 闲情雅趣的世外桃源

门首的小院既是丰富日常活动休闲的小空间，又可以尽情发挥设计天赋来装点的一片净土；用以自然原始的木架和石板路来装点本为自然的空间，可谓在清新中营造。

# 83

## 不一样的采光，不一样的幽蓝静谧

站在这个角度观看整条走廊有种静谧的感觉，玻璃镜面的两侧虽然没有运用任何色彩，但已经达到将整体色彩延伸的效果，并且还利用成像原理扩大整体空间的视觉感。

# 84

## 黄色基调让房间充满暖意

　　阳光明媚的下午，是属于休闲喝茶聊天的好时光。朦胧橘色的纱制窗帘，轻轻附着在不规则设计的砖片墙体上，配以黄色餐垫同色系搭配让整个空间暖意洋洋。

# NUANNUANDE
## HEN SHUFU
暖暖的很舒服

# 01

## 红色魅惑酒柜

酒红色的花纹壁纸，自然地做出高雅的
品位，搭配实木色系的简单吊顶，更是将高雅
的气质扩充到整个空间；同时也延续了整个房
间的怀旧风格。

# 02

## 格子画出暖意氛围

橙黄色的格子木吊顶，配上黄色的水晶吊灯，同色系的家具，由浅入深突出层次感也体现出家的温馨。

# 03

## 交相辉映的欧式风情

白色的墙壁搭配粗纹的暗黄色地砖，形成带有怀旧气息的欧式风。在古雅的地砖上摆设家居，尽量挑选古典味浓厚的欧式沙发和茶几，皮质的原色恰好也会和整体格调交相呼应。

# 04

## 原木风情雅居

　　原木色的吊顶配以花叶图腾样式的壁纸，具有古色古香的味道，地板也延续了淡淡的暖色格调，灰白色的沙发和靠垫提亮整个空间，视觉效果也是点睛之笔。

# 05

## 漆白色打造十足明亮感

餐厅墙面突出的拱门造型，配以自然的阳光树木风景画，为业主营造一派似真似梦的田园景象。在华丽水晶吊灯与典雅壁灯的辉映下，伴着高脚的烛台、坐在田园风浓郁的藤椅上，享受清晨的阳光透过树叶洒在餐桌上点点光辉，美景、美酒、美味让我们坐下来享受一次阳光大餐，如此良辰美景怎不叫人向往。

# 06

## 方圆规矩的格调

　　白色的镂空天窗设计配以原木色的餐桌椅，棱角分明的设计增加空间的庄重感与立体感。原木色的使用不仅恰巧弥补了白色的单调与过度的曝光感，也为空间增添低沉的元素。

## 07

## 复式空间唱出古典调调

　　复式房间的装修在于运用白墙的洁白质感和大理石
的地面提亮空间效果，打造富贵高雅的整体格调。

# 08

## 金色经典

本房间大胆的运用同一主色调——金色，来铺满整个空间，从空间的上到下，左到右都做了颜色的渐变设计，突显空间的立体感和丰富感。对于不便采光的格局来说，这是提亮空间的巧妙设计。

# 09

## 红色装点庄重感

红色金色花纹的壁纸俨然已经把整体的氛围提升到富丽堂皇的标准，那么只需添加"皇家"色彩——金色，便可将整体空间搭配得相得益彰。采用白色吊顶来提亮整个空间，弥补红色的单调感。

# 10

## 白色与红色花纹壁纸巧妙结合

白色的吊顶，白色的背景墙，精致的水晶吊灯，搭配红色印花图案壁纸，让整个空间色彩色到完美过渡。

# 11

## 主色分明，淡色相辅

淡色为主色，重色作为点缀修饰边缘可以更加清晰地描绘出整个空间的分区。同时原木色的扶栏和座椅，也增添古色古香的自然味道，别有一番舒适惬意。

# 12

## 淡色窗帘渲染高雅脱俗

竖向金色条纹的壁纸可将空间拉长，搭配洁白的吊顶提亮整个空间。地面的白色瓷砖也呼应吊顶的灯光，增添豪华的情致。

## 13 ─ 浓郁的鲜明对比

金色为主色调，打造整体的温馨高雅的格调。墙纸的浓郁和白色实木门形成鲜明的对比，同时单色的门框和简单吊顶设计也呼应出提亮的重点区域，使整体的风格分外明亮。

# 14

## 简约布艺也疯狂

整体的风格定位是简约时尚，采用了淡灰色的壁纸增添家的温馨感，同时搭配深棕色的布艺印花沙发凸显出低调的前卫。

# 15

## 扶栏的原木清香

吊顶和地面统一为单纯的白色可以形成由上至下的对映，增加空间的亮度。衔接的壁纸选择淡色系的暖色即可。原木色的扶栏恰好也属于黄色系，放在这里分外合适。

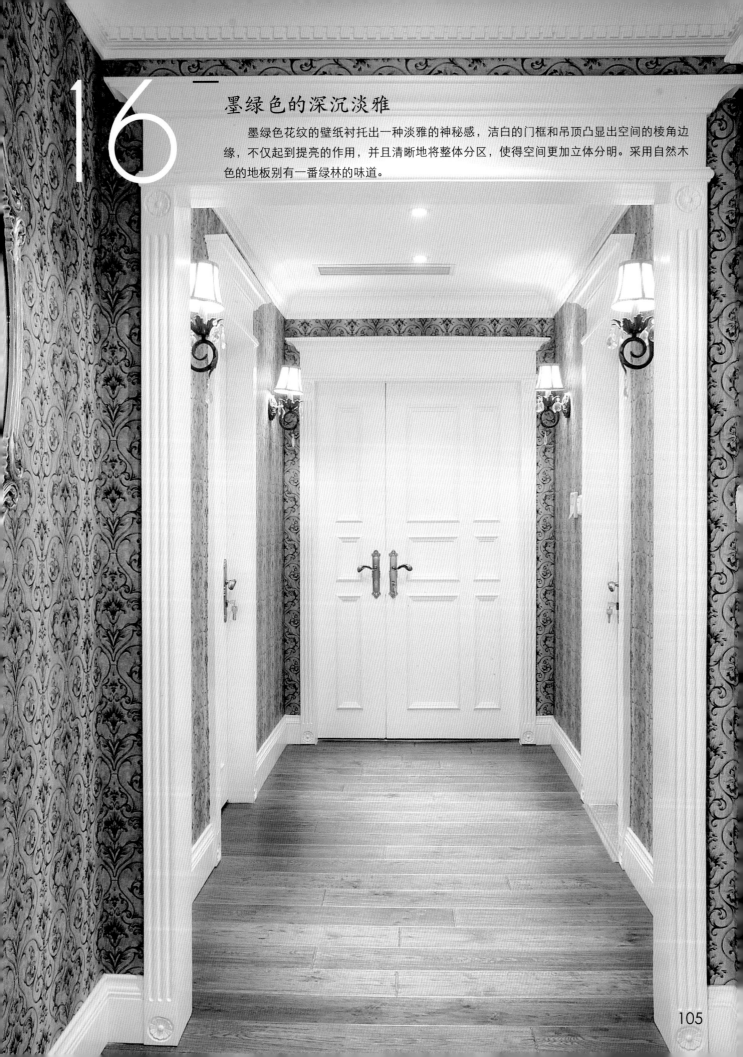

# 16

## 墨绿色的深沉淡雅

墨绿色花纹的壁纸衬托出一种淡雅的神秘感，洁白的门框和吊顶凸显出空间的棱角边缘，不仅起到提亮的作用，并且清晰地将整体分区，使得空间更加立体分明。采用自然木色的地板别有一番绿林的味道。

# 17

## 淡色系营造欧式宫廷风

主要运用了白色系的变化来营造出整体的淡雅风格。吊顶的阶梯式白色修边，增加上方的立体感，使得纵向的拉长。墙壁与沙发的乳白色系的变化增添整体空间的层次感。

# 宫廷风暖意雅居

暖色调的颜色运用会使得华丽的房间中更有家的味道，选择原木色的家具突出谐调思路的重点，并且让氛围可以活跃起来。

18

# 19

## 淡色高雅的情怀

  整体的淡色情怀酝酿的是高雅的氛围，搭配原始木色的家具，更增添高贵典雅的气息。白色的吊顶搭配同色系的瓷砖，条纹的壁纸相呼应提亮整个空间效果，并将空间横向拉伸显得更加大气得体。

# 20

## 木顶细腻质感

　　自然木色的墙面衔接彩色马塞克风格的瓷砖，别有一番韵味；为了提升整个空间的亮度，选用白色的吊顶和白色的卫浴家具来装点。

# 21

## 欧式鲜花暖情调

　　采用欧式风格的红色壁纸的浓郁搭配，白色吊顶和黄色地砖，可将整体空间无形地横向与纵向拉长，使得视野更加具有延展性。同时选用棕色窗帘加以装点，弥补由于花纹浓重而缺失的层次感。

# 22

## 田园色彩中找寻时尚

田园风格的家具强调自然与功能性，突出的质感，自然的散发着一种古朴的诱惑。

# 23

## 实木色彩的低调奢华

采用了柔和色系的乳白色铺盖吊顶不仅提亮整体的空间，而且还配合实木色系的家具，突显大气高贵。

# 竖条纹壁纸的拉伸效果

竖向条纹的壁纸可将空间竖向拉长，配合白色的吊顶可扩充整体的视觉感，增加整个空间的亮度；地板和家具都统一为原始木色，在统一中又做深浅之分，增加空间的层次感。

24

## 奢华中洋溢活跃

整体的粉红色调突出强烈的视觉冲击感，奠定了整体的活跃氛围又不失宫廷的奢华感。棚顶的内围和墙体趋于深色、棚顶外围延伸到空间的棱角框架选用淡色，使得层次感加强。

## 粉红色公主房布置

    卧室里延续温馨的格调依然是设计的主流。粉红色的壁纸搭配乳白色的
床和隔板，印花图案的窗帘和床上用品，显得十分温馨浪漫。

# 27

## 大面积运用白色提亮空间

房间选色重点在于提亮不便采光的区域。采用纯白色的欧式波浪式吊顶，这样大面积的使用白色不仅有助于提亮空间并能有效延展视觉感。

## 28 奶油质感十足公主房

纯正的粉色搭配奶油白，俨然是
"公主房"的整体格调。棚顶采用白色
可以提亮整个空间，增加通透感。同时
原始木色的地板渲染自然的氛围。

# 29

## 暖色书香房

大面积的淡色墙面可有效扩充空间的视觉感。整体风格是暖色调的书香格调。采用黄色系的渐变单色来划分整个空间的层次，使得整体风格统一，局部多变。

异国情调回归田园的宁静

在室内设计所营造的异国空间情境中回归田园的宁静。这既实现了穿梭于东西方
之间和传达国际化概念回归自然的主题性。又让人尽享田园的闲适。

# 31

## 富丽堂皇的餐厅布置

白色的吊顶营造出古典的格调，吊顶中央暗灯的设计增加整体空间的通透性，也和淡色的大理石地面形成呼应，提亮整个空间，实木的玻璃酒柜，花纹的墙纸在灯光辉映下搭配更显庄重高雅。

## 时尚中渗透出高雅

　　紫红色和黑白色的搭配分外呈现整体空间的时尚感与脱俗的雅致。本房间的设计，只将紫色应用到一面墙体，免去整体紫色带来的压抑感窗帘和椅子都要用黑色条纹图案，提升整体的通透感。

# 33 — 木色风格的安逸

原始木色风格特具自然的安逸与惬意。墙体粉刷淡
淡黄色与家具色彩形成深浅渐变，增添空间的立体感。
吊顶的中心的凹陷设计产生聚光效果可提亮整体空间。

## 散发木香的清新雅卧

　　天然木色地板搭配同色系的墙纸，恰到好处地形成
统一的格调，所以才得以融入同样原始自然感的实木色
系家具，突出整体的高贵自然风。

# 35

## 巧妙运用色彩

在简单的墙面点缀一幅油画，厚重颜色的沙发搭配巧妙设计的壁炉，色调让整个空间充满温暖。

## 壁炉带来的怀旧风

房间的一角壁炉装饰延续整体的怀旧风格，淡雅黄色系的砖片颜色深浅不一，恰好与沙发和地砖的色彩交相呼应，使得整体更具层次感。

36

## 37

## 成功者风范

金色为主色的房间可凸显主人的干练和高雅。顶棚、墙壁、地板分别采用黄色系的一种，形成融洽的衔接同时也充分展示出简约的时尚。

# 38

## 原木风情保留浪漫余香

　　白色墙面搭配淡雅原始木色的吊顶、简洁门框和不锈钢洗手池，统一白褐相间的简约风格，更具欧式风格的惬意。

# 39

## 厨房与餐厅的巧妙过渡

　　整体色调以黄色为主，在吊顶和地砖采用淡黄与深黄的混搭与餐桌椅的实木色相呼应，墙壁采用白色来提亮空间，厨房则采用褐色来巧妙的过度，明确划分区域。

# 40

## 欧式纯木色的经典

正方形的餐厅区域采用白色吊顶
与印花壁纸，营造了欧式的宫廷风。
搭配原始木色的家具更加相得益彰。

# 41

## 午餐后的田园风景

餐厅装潢使用韩式花纹墙纸来增添了温馨元素；吊顶采取自然淡木色横梁和白色衔接清晰地划分区域，配以印有碎花图案的墙纸，让整个就餐区温馨舒适。

# 42

## 实木书香的庄重

墙体部分采用实木色的家具添补，与中间的办公桌统一风格，搭配原木色的地板，双人沙发从颜色深浅角度增加空间层次感。吊顶延用白色提亮整体效果。

# 43

## 轻柔的抚摸淡雅之风

浴室整体设计风格采用浅色系来营造清新风格，吊顶采用白色强调干净舒适格调；搭配深实木色的洗手台突显主人的怀旧情怀和高雅气质。

# 44

## 欧式柔和风情

　　灰白色花纹壁纸搭配深实木色地板凸显客厅的古典高雅风格，吊顶采用凹陷式聚光设计在黄色灯光照射下可增添房间的温馨感。

# 45

## 充满异国风情的卧房布置

卧室造型简约而富有变化，吊顶和灯具的搭配，利用充满神秘感的光影效果制造了一种引人入室的诱惑力。考究的实木衣柜，印花的壁纸和画框的点缀，让整个空间有一种特别的韵味。

# 46

## 简单舒适的居家布置

设计简单的铁艺床，条纹交错图案的沙发，薄净的纱帘在吊灯的照射下使整个空间充满温暖。

# 47

## 皎洁的梦幻空间

卫生间的设计充分突出了简单现代的特点。采用淡黄色的大理石和自然淡木色的地板搭配，既统一了色彩的美感也使整个空间更明亮整洁。

## 48

### 豪华卧室的设计

卧室设计采用整体统一的风格。实木色彩的应用来展示主人的大气高贵。选择大红色窗帘来增添墙面的视觉冲击感，欧式的家具让整个房间显得富丽堂皇。

# 01

红与黑的时尚戏剧

红色与黑色的搭配是永不落幕的经典时尚，高光镜面的背景墙更加张扬了炫目的提亮效果，增添整体空间多层次的立体氛围，别具梦幻色彩。

# 02

## 红色的音乐旋律

艳红色沙发的耀眼夺目给整个空间视觉的直接冲击，同时也是空间中最活跃的时尚元素。搭配黑色靓丽的钢琴，仿佛整个客厅都回荡着动听的旋律。回看整体的低调色系风格，恰好渲染着时尚高雅的氛围。

## 03

## 卫生间的亮色时尚

整体空间的装修风格采用了时下最流行的高光设计，从洗手台到整理柜都明显地体现着这一要点，与浴缸的艳红色马赛克交相呼应，散发浓郁的迷人风情。吊顶的淡灰色选择压光处理，来压低整体的过度曝光效果，提升高贵雅致的情调。

# 04

## 灵动的现代空间

整体空间内布满各个角度的镜面式家居，使得整体空间从在明显的分区基础上，又显得格外明亮和独具体力感。搭配灰色、褐色低调深沉的色彩渲染，俨然呈现出都市现代的灵动气息。

# 05

## 超凡脱俗的中性装点

　　墙体和洗手台统一的灰色主色调恰到好处地突出房主的干练和整洁，透露出都市繁华的时尚感，也增添一抹静谧舒适。另外搭配黑色马赛克格子的墙面，提亮整个空间的同时，也充满流水般柔和的味道。

## 摩登女王的更衣间

很巧妙的利用墙的一侧做成了衣帽间，黑色的玻璃拉门为主人隐藏了不少秘密，配以巨大的淡粉色吊灯，浅色的床上用品，让整个空间干净舒适。

## 明亮简洁风

灰白色墙纸穿插高光亮条纹的设计不仅提亮整体空间，也是简单装点的特色之处；深实木色简约风的桌椅，更将餐厅的氛围时尚化、都市化。整体感觉大气而不乏素美情调。

# 08

## 高光马赛克的张扬

　　整体墙面采用由浅入深的高光马赛克瓷砖装点，在灯光的照射下显得分外炫目。瓷砖的铺贴也恰好鲜明地划分区间，增添整体的立体感和层次感，提升亮度。

# 09

## 色彩简洁的个性空间

简单的白色床单、墙纸都在印花图案的灯水晶吊顶灯的映衬下显得明亮，衬托出主卧的温馨与浪漫，另外令人瞩目的是床头这盏绒毛台灯，神秘的紫色是天生亮丽搭档，更加诠释了都市的现代气息。

# 10

## 金属质感强烈的时尚厨房

灰色亚光的金属质感是整个空间的重点，从冰箱到橱柜的装点都诠释这浓郁的现代化气息。搭配白色简洁风格吊顶的提亮效果，和自然木色的地板细腻柔和，弥补整体空间的机械感，突出温馨的氛围。

# 11

## 始终如一的木色情怀

白色的吊顶、简约的拱形门框设计、欧式风格浓郁的浅褐色墙纸都是延续木质色彩的元素，充斥着整个空间，达到意想不到的自然田园风的效果。

## 12

## 整洁通透的"水立方"

　　清新淡雅的浅蓝色吊顶、衔接同色的墙面，深蓝压光大理石地砖，统一的蓝色由浅入深，丰犹如一片静谧的海洋。搭配亮光的厨台，更像是海中央的波纹泛光，让人感觉清新明亮。

# 13

### 鲜明的时尚布置

鲜明的色彩对比带来无限视觉冲击，白色的几何吊顶、黑色调为主的开放式卫生间、红色的床单与窗帘，在这里你会感觉到的主人热情奔放的性格，浪漫激情也被激发。

## 优雅大气的餐厅

　　凹陷设计的吊顶悬挂欧式奢华感的吊灯，散发出醉人的光线。照亮周围的亮光元素，使得整体空间都变得辉煌起来，营造欧式高雅情调的重点是选用淡色系的花纹墙纸和宫廷感的家具搭配。

# 18

## 牡丹花下暖意情结

　　白色的壁纸，配以浅褐色沙发，协调而融洽的运用两种相近的色彩搭配整体空间的氛围。这样雅致欧式情调的禁忌在于不要过多使用深色系的家具，和过多跳跃感强烈的色彩点缀，那样会打破整体氛围的娴静和统一。

# 19

## 金色梦幻的温馨

　　餐厅与厨房间隔之处，设计师也舍弃了惯用的推拉门处理，而是为了整体空间的格调，将墙面打造成三个玻璃窗形式，不仅增强了空间通透性，而且在造型上美不胜收，大胆而又灵巧的心思无处不在的发挥着魅力。

## 鲜明的色差感渲染新情调

金黄色与蓝色搭配的窗帘，使色彩更加跳跃，餐厅里面还是依然的温馨和谐，餐厅外面也是统一的明亮高雅，只是多了这么一道新的风景线，则可让整体的空间充斥着浪漫的新情调。

20

## 21

### 糖果味道的功能卫生间

　　简单的粉色瓷砖深浅不一巧搭在一起，呈现出糖果般甜甜的感觉。放松整体空间的氛围，搭配功能型的分区使卫生间的风格更具时尚前卫化。

# 15

## 欧式雕花墙纸凸显静谧安详

　　灰白色欧式雕花墙纸搭配乳白色吊顶，呈现了整体风格的洁净安详。深褐色木质地板和同色系写字台家具统一整体格调，明确区分空间层次感。

# 16

## 欧式风格重在点缀

淡杏色主调直接将整体空间的亮度提升，同时也着重体现出欧式风格的高雅情调。这时的装潢重点就是在渲染整体氛围的同时，添加更简约的欧式家具，如同色系较深的收纳柜和抽象画来点缀空间。

## 用色彩来划分区间

　　明亮的基调下，有梦幻色彩的餐区，红色激情搭配蓝绿色深沉不仅增加用餐的情调，俨然已经成为了整体空间的亮点，红色纱质的窗帘让整个空间色彩更加明快。

22

## 23

### 欧式奢华客厅的布置

淡雅的素色壁纸搭配欧式沙发，使整体空间尽显大气富贵，配以红色刺绣图案的抱枕和紫色鲜花做点缀给整个空间营造出高雅的情调。

## 24

### 雍容华贵的卧室布置

在主卧中，初进时已有宁静之感。虽花色绚烂，床体雍容。窗帘如蓝丝绒般悠远深沉，迭加的造型鲜活了色彩的单一。地面上铺设的仿古实木复合地板有着让足感舒适的凹凸纹理。墙面上采用具有明显欧式风格的花色壁纸，这样的鲜艳如置身自然的花丛中，让身心得到放松。

## 温馨的花园风格

花园风格的基调成就在鲜明黄色的碎花墙纸。拼接围栏式的格子风情。炫目的花纹搭配纯净的白色吊顶，可增加空间的通透感，免去繁复的花纹带来的杂乱感。

**25**

# 26

## 奢华高贵感的立体空间

棱角、线条清晰的展现整体的干练、简约的风格，同时如此鲜明的设计也使得整体层次的立体感更加明了。全木质的橱柜和深色系的门框，在简约中展现奢华的感觉。

# 27

## 点缀单纯色的民族风

白色的基础情调可以搭配任何风格的色彩元素，这个房间就是利用白色的百搭特点。墙面色彩的巧妙搭配装点黄色抽象画，提升空间的文化氛围；另外采用黄白相间的条纹床品来营造简约的统一风格。

一 大胆覆盖的时尚颜色

　　整体的厨房空间都采用同色处理，大胆地运用统一杏色诠释出温暖的格调，同时也运用了纹理感强烈的瓷砖拼贴整体墙面和地面，达到整体协调。

28

# 29

## 木质色搭配炫彩色的别样风格

　　木质自然的原色搭配白色的墙漆，可使整体的氛围呈现出恬静安稳的格调，点缀彩色条纹的桌布，增添一抹活泼和舒畅气息。

图书在版编目（CIP）数据

　　配色装饰200例 / 东易日盛编辑部主编. -- 长春 :吉
林科学技术出版社，2010.5
　　ISBN 978-7-5384-4665-4

　　Ⅰ. ①配… Ⅱ. ①东… Ⅲ. ①住宅－建筑色彩－室内
设计－图集 Ⅳ. ①TU241-64

　　中国版本图书馆CIP数据核字(2010)第046684号

东易日盛编辑部 / 主编
责任编辑 / 王　皓　王子彧
特约编辑 / 邓　娴
封面设计 / 崔　岩　崔栢瑞
图片提供 / 东易日盛家居装饰集团股份有限公司
首席摄影 / 恽　伟
设计助理 / 邓　娴　沈　杨　李　璐　崔　城　刘　冰　田天航　李　爽
　　　　　赵淑岩　沈　彤　陈　瑶　韩淑兰　韩志武　王　倩　张　萍
　　　　　崔梅花　韩宝玉　王　伟　朴洁莲　具杨花　宋　艳
内文设计 / 吴凤泽　李　萍　潘　玲　潘　多　田　雨

吉林科学技术出版社出版、发行
社址 / 长春市人民大街4646号
邮编 / 130021
发行部电话 传真 / 0431-85677817　85635177　85651759
　　　　　　　　　　85651628　85600611　85670016
储运部电话 / 0431-84612872
编辑部电话 / 0431-85679177　85635186
网址 /www.jlstp.com
实名 / 吉林科学技术出版社
印刷 / 长春新华印刷集团有限公司

如有印装质量问题　可寄出版社调换
889mm×1194mm　　16 开
11.5 印张　　100 千字
2010 年 7 月第 1 版　 2010 年 7 月第 1 次印刷
ISBN　978-7-5384-4665-4
定价 / 39.90 元